Impressum

Bibliografische Information der Deutschen
Nationalbibliothek: Die Deutsche Nationalbibliothek
verzeichnet diese Publikation in der Deutschen
Nationalbibliografie; detaillierte bibliografische Daten
sind im Internet über dnb.dnb.de abrufbar.
© 2021 Luisa Pepe
Herstellung und Verlag: BoD – Books on Demand,
Norderstedt
ISBN: 978-3-7534-7807-4

# Die Liebe siegt

*Eine süße Überraschung.*

*von Pepe Luisa*

Es ist früh morgen, ich öffne das Fenster und höre die Vögelchen fröhlich vor sich hin zwitschern, der Himmel ist blau und die Sonne scheint in voller Wärme. Mein Mann Alex steigt gerade in sein Auto ein, und ich winke ihm noch zu, bevor er zur Arbeit losfährt. Wir haben uns vor einem Jahr in seinem Architektenbüro kennengelernt, wo ich als Sekretärin tätig war. Alex wollte schon nach einem Jahr, dass wir zusammen waren, heiraten. Daher haben wir sechs Monaten später geheiratet. Bin sowieso schon achtunddreissig Jahre, wurde auch mal Zeit. Ich war aber auch sicher von der Liebe zu Alex. Jetzt bin ich ihm sechsten Monat schwanger und verdonnert, zuhause zu bleiben, mich und den kleinen zu schonen. Ihr habt schon richtig verstanden, ich bekomme

4

ein Jungen, und Alex ist ganz aus dem Häuschen. In letzter Zeit watschle ich wie eine Ente und fühle mich auch danach, aber Alex findet mich süß mit allen meine Rundungen. Während ich meinen Tee trinke, beschließe ich, wieder mit meiner Freundin Samantha zu telefonieren. Vielleicht hat Sie Zeit für mich, und wir könnten etwas trinken gehen. Wie sich herausstellt, arbeitet sie heute. Sie ist eine gute Anwältin und arbeitet in eine große Kanzlei Teilzeit. Ihr Freund Stefan arbeitete bis vor einen Monat als Polizist, aber er hatte genug Verbrecher nach zu jagen. Jetzt ist er Partner geworden vom Club bar von Marc, er war auch ehemaliger Polizist und damals war Stefan sein Partner. Marc und Lizzy seine Freundin gehören auch zu unserem Freundeskreis. Wir haben Sie durch Stefan und Sam kennengelernt. Ich weiß wirklich nicht, was ich mit mir anfangen soll, aber mir kommt eine Idee, ich gehe in die Stadt und kaufe mir ein neues Buch und danach gehe mit ein Becher Kaffee zu ihr, sie liebt den Starbuckskaffee in der Kanzlei, vielleicht hat Sie doch zehn Minuten Zeit für mich. Sehr gut ich habe mein Tag gerettet, sonst werde ich vor lauter Langweile Zergehen. Bis in die Stadt laufe ich zu Fuß und steuere direkt zum Starbuckscoffee. Als ich im Schaufenster ins Café hineinblickte, ob ich lange anstehen muss, sichtete ich Sam an einem Tisch sitzen und gegenüber sie sass ein Mann. Aber leider nicht Ihr Freund Stefan. Ich schaue noch einmal besser, nein! Das kann doch nicht wahr

sein. Was macht mein Mann hier
mit Sam, sie arbeitet ja gar
nicht. Und Alex sagte mir heute;
er habe eine lange Besprechung,
für ein neues Projekt. Buh! Das
muss ich noch runterschlucken,
beide haben mich belogen. Oder
kann das nur Zufall sein? Ich bin
mir unsicher, soll ich reingehen?
Und abwarten, was sie mir für
eine Erklärung geben. Nein, nein
ich gehe, ein Kaffeebecher an
einem anderen Café holen und dann
husche ich nachhause. Ich werde
mein Mann heute Abend darauf
ansprechen. Ich habe mich ein
neues Buch gekauft und jetzt
liege ich auf dem Sofa und lese.
Es hat mich doch ein bisschen
müde gemacht in der Stadt zu
laufen. Kurz vor achtzehn Uhr
stehe ich auf und gehe in die
Küche, dass Nachtessen
vorbereiten, als auch mein Mann

zur Tür hineinkommt. Ich warte mal ab, ob er selber mit der Sprache rausrückt, dass er mit meiner Freundin im Café war. Er fragte mich, ob es uns gut geht, und gibt mir ein Küsschen und verschwindet ins Bad. Ich decke den Tisch, da kommt er auch schon aus dem Bad, und ich denke; jetzt sagt er es mir, aber es kommt nichts. Ich muss es irgendwie aus ihm herauskitzeln. Wir sind gerade am Essen und das wäre die beste Gelegenheit, ich muss mir nur geschickt anstellen. Daher fragte ich einfach, ob er jemand getroffen habe. Seine Antwort kommt prompt mit einem Seufzer, er habe niemand gesehen. Außer seinen Geschäftspartnern. Er war ja schließlich die ganze Zeit im Büro. Meine Nerven sind gespannt, jetzt in diesem Moment möchte ich ihm am liebsten, die volle

8

Salatschüssel mitsamt der Sauce schön auf seinem Kopf ausschütten, oder ich gehe in die Küche und nehme mir die Pfanne, die schmerzt reichlich mehr, wenn ich Sie ihm über den Schädel schlage. Ich weiß wirklich nicht, was mit mir los ist entweder spielen meine Hormone verrückt mit mir, oder ich spinne mir sonst etwas zusammen. Oder liebt er mich wirklich nicht mehr? Ich liege neben meinen Mann seit zwei Stunden wach. Erstens muss ich auf dem Rücken schlafen und habe mich noch nicht richtig daran gewohnt. Und zweitens kann ich mir nicht ein Leben ohne Alex vorstellen, aber ich kann auch nicht glauben, dass er mit meiner besten Freundin ein Verhältnis hat. An Stefan, den Armen möchte ich gar nicht denken, wenn so wäre, der würde vor Schmerz sterben. Ich kann nicht mehr im Bett bleiben und weiter grübeln, daher stehe ich auf und gehe in die Küche und mache mir eine Tassetee, vielleicht kann ich mir so ein bisschen beruhigen.

Ich musste mich die ganze Zeit beim Nachtessen zusammennehmen, ich hasse zu lügen. Ich habe es Ihr angemerkt, dass Sie mir nicht glaubt. Samantha ist auch eine Arme, sie musste wegen mir Anne auch anlügen. Sam ist ganz süß. Stefan lässt Sie richtig aufblühen, nächsten Jahr werden die beiden Heiraten. Natürlich weiß auch Stefan, dass ich mich mit seiner Verlobten getroffen habe. Nur meine süße Anne ahnt von nichts. Ich brauche für die Organisation die Hilfe von Sam, man sagt ja, Frauen haben ein gewisses Feingefühl. Ich höre wie mein Schatz, neben mir im Bett nicht zur Ruhe kommt. Und merke, wie das Bett an Gewicht nachlässt. Sie steht auf. Mein schlechtes Gewissen nagt an mir, ich hasse es angelogen zu werden, daher hasse ich auch, dass ich Anne anlügen musste. Eigentlich sollte ich kein schlechtes Gewissen verspüren, schließlich Betrüge ich Sie nicht. Mir käme das nicht einmal in den Sinn, dafür Liebe ich sie zu sehr. Ich stehe auf und gehe mal schauen, wie es Ihr geht. Sie steht in der Küche, und gießt sich heisses Wasser in eine Tasse. Sie dreht sich um und schaut mir in die Augen. Ich könnte stundenlang anschauen in Ihre meeresblauen Augen, die haben mich immer fasziniert, schon seitdem wir uns kennengelernt haben. „Anne geht es dir nicht gut?"

„Nein ich kann nicht schlafen, weil unser Junge hat beschlossen, eine Nachtparty zu geben und vom Schlafe ist nicht die Rede. Alex willst du auch ein Tee? Warum bist du wach?" „Ich spürte dich nicht mehr im Bett, da bin ich aufgewacht." Ich musste natürlich lachen, meine Mutter erzählte mir, dass ich auch so strampelte, als sie von mir schwanger war. Ich lege eine Hand auf Annes Bauch und streichle und spüre, wie unser Junge strampelt. Ich trinke mit Anne eine Tasse Tee und Küsse und streichle weiter Ihren Bauch, als Anne mir sagte: „Alex gehe ins Bett, ich komme schon zurecht. Ich nehme mir eine zweite Tasse Tee und dann komme ich auch, du musst morgen früh auf." Als Alex wieder ins Bett geht, trinke ich mein Tee aus und anschließend gehe ich auch ins

Bett. Als ich aufwache, ist Alex
schon zur Arbeit gegangen. Ich
stehe auf und gehe in die Küche
und bereite mir das Frühstück.
Bin gerade mein Tee am Trinken,
als es klingelt an der
Wohnungstür. Ich öffne die Tür
und da stand ein Bote mit einem
großen Blumenstrauß. Vor mir
hatte ich zwölf roten Rosen. Ich
verwunderte mich, weil ich kein
Geburtstag oder Jahrestag habe
und mir schleierhaft ist, wer mir
diese schicken könnte, bis ich
zwischen den Rosen ein Kärtchen
entdeckte, auf dem stand:
„Das Beste, was man erhoffen kann
zu vollbringen, ist den anderen
an etwas zu erinnern, was er
bereits Weiss." Liebe Anne mein
Engel ich liebe dich jeden Tag
mehr. Alex Ich kann das nicht
glauben, und ich hatte solchen
zweifeln, ich sehe vor mich hin,

wie eine Träne herunter kugelt
und auf das Kärtchen hinunter
fällt. Ich lege das Kärtchen auf
den Salontisch, und meine Träne
versiegten und meine zweifeln
kamen wieder hoch. Und wenn er
mir die Rosen nur geschenkt hat,
um sein Gewissen zu beruhigen. Er
hat mir nie Blumen geschenkt ohne
einen gewissen Einlass. Oh, Gott
ich bekomme Kopfschmerzen. Ich
gehe in die Küche und mache mir
ein Kaffee und schreibe ihm eine
Nachricht, um mich zu bedanken.
Ich will ihm auch nicht ins Büro
telefonieren, weil er
möglicherweise in eine
Besprechung ist, und in diesem
Moment traue ich auch meine
Stimme nicht. Ich trinke mein
Kaffee aus und grüble weiter. Da
kommt mir ein Gedanke und
schreibe auch Sam eine Nachricht,
dass ich Sie und Stefan morgen

Abend zum Nachtessen einlade. Sie
wird mir später Bescheid geben da
Sie nicht weiß, was Stefan für
Samstag geplant habe. Ich hoffe,
dass sie kommen werden, ich will
die ganze Sache auf dem Grund
gehen, möchte Sam in die Augen
sehen und schauen ob es einen
Anhaltspunkt gibt das die beiden
uns fremdgehen.

Ich sitz in meinem Büro und
schaue auf meine entworfenen
Pläne, und kann mich nicht
Konzentrieren, als auf einmal
mein Handy klingelt, dass ich
eine Nachricht erhalten habe. Um
diese Zeit sollte eigentlich Anne
schon die Rosen erhalten haben.
Ich wäre gern zuhause geblieben
und hätte mich versteckt wie eine
Ameise und geguckt, wie der Bote
Ihr die Rosen überreichte, nur um
Ihren Gesichtsausdruck zu sehen.
Ich nehme das Handy zur Hand und
schaue wer geschrieben hat, und
sehen das tatsächlich Anne ist,
die mir dankt und mitteilt das
sie Sam und Stefan für Samstag
zum Nachtessen eingeladen hatte.
Annes Eltern leben in Spanien,
und sprechen leider nur Spanisch.
Daher spricht Stefan mit Ihnen
und organisiert mit Ihnen den

Flug, vor allem werden sie bei Stefan und Sam zuhause Unterkunft haben. Da Anne nichts davon mitbekommen soll. Wie wir besprochen hatten werden Sie ein Tag vorher da sein. Es fehlen noch zwei Wochen, und leider ist die Zeit knapp, um alles zu organisieren. Und ich hoffe nur, dass alles klappt. Natürlich ohne Sam und Stefans Hilfe wäre ich geschmissen. Zum Glück teilen wir uns die Aufgaben. In der Mittagspause habe ich mit Sam abgemacht, dass wir zum Schmuckgeschäft gehen. Natürlich habe ich auch ein bisschen Geschmack, aber aus Sicherheit werde ich auch Sam dabei haben denn, nur so kann sie mir gut beraten. Aber jetzt ist erst zehn Uhr und bis zum Mittag, müssen noch zwei Stunden vergehen, und eben heute ist mir nicht danach zu arbeiten, aber leider müssen diesen Projekten in zwei Wochen fertig sein, sonst kann ich mir keine Ferien leisten. Gegen elf Uhr schreibt mir Sam zurück, dass Sie und Stefan am Samstag kommen und sie sich freuen auf einem gemeinsamen Abend. Ich gehe unter der Dusche, da ich bis jetzt noch das Nachthemd anhatte. Ich entscheide mir, nach der Dusche etwas Bequemes anzuziehen, auch wenn ich in die Stadt gehe. Ich mochte mir ein neues Buch kaufen, weil ich das andere schon verschlungen habe. Und nachher gehe ich in die Bäckerei, weil sie dort das beste Brot auf der Welt backen, und noch dazu etwas Süsses als Nachspeise für morgen Abend, so dass wir es mit Sam und Stefan verspeisen werden. Ich gehe um dreizehn Uhr los und nehme das Auto, da ich nicht schleppen will. Ein Parkplatz werde ich schon finden. Ich freue mich, auch meine Nachbarin Elise zu sehen, die Bäckerei gehört ihr.

Ich stelle den Wagen vordem Bäckereigeschäft und bin glücklich, dass ich hier in der Nähe einen Parkplatz gefunden habe. Neben der Bäckerei gibt es auch ein schönes teures Bijouteriegeschäft. Wenn ich hierherkomme, bleibe ich fast immer eine halbe Stunde am Schaufenster kleben, weil sie so schöne Ringe und Schmuck haben. Ich gehe hinein in die Bäckerei und Elise steht gerade an der Theke, als sie mich sieht. Sie kommt auf mich zu und sagt: „Meine liebe Anne wie geht es dir? Ich sehe, dass dein Bauch wächst."

Und dann erzählte Sie mir: „Weißt
du, ich möchte nicht in deinem
Privatleben eintreten, aber ich
dachte, mir ich spreche dich
darauf an. Bist du immer noch mit
deinem Mann zusammen, weil, och
weil ...
Ich weiß einfach nicht, wie ich
dir das sagen soll, ich habe
heute Mittag deinen Mann gesehen,
wie er mit einer Frau in das
Schmuckgeschäft hineingegangen
ist." Ich konnte es nicht
glauben, was ich da hörte. Ich
musste mich neben Elise
zusammenreißen, um nicht zu
schreien. Nach der Beschreibung
von Elise, war die Frau neben
mein Mann Sam. Innerlich
schüttelte ich nur den Kopf und
kochte vor Wut, ich könnte
wirklich meinen Mann den Kopf

abreißen und Sam Ihren Blonden Mähnen ausreißen. Bei dieser Vorstellung musste ich innerlich lachen und schmunzeln, ich könnte mir Sam wirklich nicht vorstellen ohne Haaren. Nachdem ich das Brot und den Schokoladenkuchen gekauft hatte und Elise beruhigt habe, dass ich mich nicht von meinem Mann getrennt habe, verabschiede ich mich von Ihr. Mit meinen Einkäufen gehe ich zu meinem Wagen und fahre nachhause. Aber die Wut und Traurigkeit ist immer noch da, als ich die Wohnungstür aufmache. Ich muss einfach mein Mann zu Rede stellen, aber es ist leichter gesagt als getan, weil ich Angst habe, dass er mich nicht mehr liebt. Am Abend als ich gerade die Spaghetti im kochenden Wassertopf herein tun bin, kommt auch Alex zur Haustür hinein. Er kommt zu mir und gibt mir ein Küsschen, und fragte, wie es uns geht. Ich schaue ihm ins Gesicht, aber ich sehe kein schlechtes Gewissen. Meine Gedanken nehmen Ihren Lauf, entweder er ist ein guter Schauspieler, oder es gibt einen guten Grund aber welcher, dass er sich mit meiner Freundin trifft. Und warum erzählt er mir nichts davon? Wir setzten uns an den Tisch, aber ich hatte keinen Appetit, und stochere in meinen Spaghetti herum. Alex schaute mich an und fragt; ob es mir nicht gut gehe, oder kein Hunger habe. Und da fingen meine Augen sich mit Flüssigkeit zu füllen, und nach einer Sekunde lief auch meine erste Träne runter, und benetzte mein Gesicht. Mein Mann schaute mich an und fragt mich noch einmal, was mit mir los sei. Da ich keinen Mucks von mir gab, fragte er noch einmal nach, ob mir etwas geschehen sei, oder es mir schlecht wäre. Ich wusste nicht was sagen und er fragte weiter.

„Haben dir die Rosen nicht gefallen?" Ich sah ihm an, dass er am Verzweifeln war. Daher gab ich mir einen Ruck und fragte ihm, ob er mich immer noch liebt. Alex schaut mich an, wie jemand der spinnt, und sagen würde das Elefanten fliegen können.

Ich schaute meine Frau an und ich konnte mir kein Reim daraus machen. Sie sah total verzweifelt und verwühlt aus und demzufolge fragt Sie mich noch, auch ob ich sie liebe! Sie hat mir gerade eine Ohrfeige verpasst. Ich glaube Ihre Hormone Spielen verrückt mit Ihr, vor allem wie kommt sie auf eine solche Idee, ich könnte sie nicht lieben?

Hatte sie heute mein Kärtchen nicht gelesen? „Liebes kannst du mir erklären, was dich so aus der Fassung bringt, dass du dasitzt wie ein Stück Elend?"

„Weißt du, ich war bei unserer Nachbarin in der Bäckerei, und stell die vor, was sie mir erzählt hat. Sie hat dich gesehen mit einer blonden Frau, die aber wie Sam aussieht im Schmuckgeschäft. Was soll ich da denken?"

„Oh! Anne, Anne ich musste einfach lachen, es ehrt mich, dass du eifersüchtig bist, aber du hast einfach kein Grund, ich würde dich nie Betrügen, dafür liebe ich dich zu sehr." In der Zwischenzeit ratterte es in meinem Kopf, ich musste eine plausible Erklärung auftischen, sonst würde es alles Auffliegen. „Du kannst nicht wirklich denken,

dass ich dich mit Sam betrügen würde, ich habe es schlicht vergessen, dir zu erzählen, das mich Sam gefragt hat, ob ich mit Ihr ins Schmuckgeschäft ginge heute weil Sie für Stefan eine spezielle Uhr kaufen wollte und ich Ihr beraten soll, da ich ein Mann bin, weiß ich besser, was Stefan gefallen kann. Vor eine Woche habe ich Sie zufällig im Café getroffen und da hat sie mir gefragt. Du hast es nicht vergessen, dass am Mittwoch Stefans Geburtstag ist?"
Ich hoffte nur, dass ich für diese Notlüge nicht in die Hölle schmoren muss. Ich schmunzelte über mich selbst, eigentlich war die Geschichte umgekehrt, Sam musste mich beraten. Sie kaufte schon eine Uhr, für Stefans Geburtstag. Anne schaut mich an und lächelt.

„Alex, bist du mir böse? Meine Hormone gehen mit mir durch weißt du, ich könnte es nicht ertragen, dich zu verlieren." „Schatz ich habe dich schon verziehen, und ich könnte auch ohne dich nicht leben." Alex küsste mich und plötzlich knurrte mein Magen, wir mussten beide lachen, hatten doch beide ein bisschen Hunger, daher wärmten wir uns die Spaghetti und assen. Nach dem Essen ging Anne sich duschen, ich wollte Ihr nachfolgen, aber vorher musste ich Sam eine Nachricht schicken, daher ließ ich Ihr den Vortritt und schrieb schnell Sam, so dass sie Bescheid wusste, wenn Anne Nachfragen würde. Nachher folgte ich Anne unter der Dusche.
Bald würden Stefan und Sam kommen, ich steckte schon die Lasagne in dem Backofen und deckte den Tisch, als es schon an

der Tür klingelte. Der Abend verlief schön, Stefan und Sam konnten die Hände nicht voneinander lassen, um sich gegenseitig zu necken. Aber mich hat es einen Moment richtig von der Bahn geworfen, ich war die Kaffeemaschine einschalten und ich lauschte wie, alle drei irgendetwas tuschelten, als ich ins Wohnzimmer kam mit dem Kaffee und den Kuchen verstummten sie sich und das kam mir ein bisschen komisch vor. Was hatten die drei wieder ausgekugelt, dass ich nicht beteiligt wurde, dachte ich mir. Ich fragte sie; über was sie sprachen und alle drei im Chor antworten nicht Rede wert, und da wurde ich verwirrt, aber ich ließ mir nichts anmerken. Ich fragte mich, was konnte so geheimnisvoll sein.

Es ist schon Montag und ich bin wieder im Büro, die Zeit vergeht, noch fünf Tagen dann ist es schon so weit. Ich muss nur zum Reisebüro, den Flug und Hotelreservierung abholen. Aber da ich diese Woche kaum Zeit habe zum Atmen, geht für mich Sam. Sie würde es mir später ins Büro bringen. Und dann ist alles wie geplant für Samstag. Vor einem Jahr haben wir uns Liebe geschworen und geheiratet. Anne denkt, dass wir in einem italienischen Restaurant gehen, aber das wird nicht der Fall sein. Wir haben es so geschickt organisiert das Anne gar nicht merkt, was geschehen wird.

Ich gehe zum Schmuckgeschäft und lasse den silbernen Kugelschreiber gravieren mit Alex Namen, ich will etwas speziell für meinen Mann. In fünf Tagen feiern wir unseren Hochzeitstag. Wir gehen zum italienischen Restaurant und ich freue mich schon darauf. Am Samstagvormittag werde ich mit Sam shoppen gehen, ich brauche ein neues Kleid. Und unseren Männern gehen Fußballspielen. Es schmerzt, dass ich meinen Hochzeitstag nicht auch mit meinen Eltern feiern kann, weil sie in Spanien leben, und ich sie wahnsinnig vermisse. Der Mittwoch verging. Ich und Alex gingen zu Sam und Stefan und feierten Stefans Geburtstag. Marc und Lizzy waren auch hier, wir sehen sie nicht oft. Marc hat im Club viel zu tun und Lizzy ist die meiste Zeit bei ihm. Die Woche verging schnell, und heute ist schon Samstag, ich bin auf Sam am Warten, dann gehen wir

schon los in die Stadt, auf
Shoppings Tour.
Ich ging zu Stefan und Sam
nachhause, und als ich vor der
Haustür stand, kam auch Sam
heraus. Sie geht zu Anne. Und so
hatte ich auch eine zweite
Notlüge anwenden müssen, weil ich
vor der Feier meine
Schwiegereltern begrüßen mochte.
Sie sind seit gestern hier in der
Schweiz bei Stefan und Samantha.
Und später musste ich zum
Schlossrestaurant, wo ich den
Saal gemietet habe. Und muss
gucken gehen, wenn alles mit den
Rechten zugeht.

Um siebzehn Uhr waren wir schon bereit zum Losfahren. Ich musste nur Anne überzeugen, dass Sie sich die Augen verbinden lässt, das wird harte Arbeit sein. „Anne Schatz, bevor wir losfahren muss ich dir, mit diesem Schal die Augen verbinden vertrau mir, du wirst es nicht bereuen." Sie schaut mich an, als hätte ich nicht alle Tassen im Schrank. „Also Alex, für was musst du mir die Augen verbinden, wenn wir nur zum Restaurant gehen? Du spinnst doch wohl." Um mich nicht zu verraten, musste ich sie einfach zum Schweigen bringen. „Anne, wenn du jetzt nicht die Klappe haltest, lege ich dich übers Knie und versohle dir den Po." Ich konnte es nicht glauben, wie Alex mit mir gesprochen hat, das

ist etwas Neues. In meinem
Gesicht hat sich ein Feuer
entfacht und meine Wangen glühen,
ich spüre regelrecht die Wärme
und sehr wahrscheinlich gleichen
sie jetzt der gleiche Farbe eine
Tomate. Ich muss mich mit meiner
Handtasche wedeln, um wieder Luft
zu kriegen.
Ich erreichte, dass sie nichts
mehr sagte. Die Frage war für wie
lange. Ich konnte sie nur so
Überzeugen sich die Augen zu
verbinden, dass ich ihr sagte;
dass ich eine kleine Überraschung
für sie habe. Und so fuhren wir
los. Alle Gäste werden wir sie
schon dort finden, natürlich auch
Sam und Stefan. Als wir vor dem
Schloss ankommen, parke ich den
Wagen und steige aus, gehe auf
die andere Seite und helfe Anne
auszusteigen. Die ganze Fahrt
hatte sie nicht mehr danach

gefragt, wo wir hingehen. Aber
ich habe die ganze Zeit auf Annes
Gesicht gesehen und die Farbe hat
sich nicht gelegt, sie schimmert
immer noch rot. Ich frage mich,
was sie wohl dachte. Ich helfe
Ihr die zehn Stufen, bis wir vor
dem Eingang des Schlosses sind.
Sie sagte immer noch nichts aber
ich merke, dass Sie langsam
nervös wird, daher beruhige ich
sie und sage ihr; das wir bald da
sind und ich Ihr die Augenbinde
wegnehme.
Ich kann es nicht glauben und ich
frage mich, was das für eine
Überraschung sein solle, dass ich
nicht sehen darf. Schlussendlich
gehen wir, nur zum Italiener
essen. Aber mir kommen die Stufen
komisch, weil beim Italiener
keine Stufen gibt. Und nicht zu
denken, was er zu mir gesagt

hatte, bevor wir losfuhren, mir glühen immer noch meine Wangen. Bevor ich den Saal betrat mit Anne, schickte ich Stefan eine Nachricht, dass wir da sind, so dass die Überraschung seine volle Wirkung hat und die Gäste auch still blieben. Ich nehme den Schal weg von den Augen von Anne, sie blinzelt, und dann schaute sie sich um, die Atmosphäre knisterte, die Gäste blieben still. Sie sah sich wieder um und auf einmal sieht sie Ihre Eltern. „Alex, ich kann es nicht glauben! Meine Eltern sind hier, wie hast du das gemacht?" Alle sind hier Sam und Stefan Marc, Lizzy, Arbeitskollegen und auch unseren Eltern. „Ja mein Schatz, Sam und Stefan haben mir dabei geholfen." „Du Schuft! Ich liebe dich, und ich glaubte, du liebst mich nicht mehr, wie konnte ich nur so dumm

34

sein, ich könnte mir selber den
Po versohlen." Ich schaute weiter
und sah vor mir auf der Leinwand
geschrieben;
*„Die Liebe ist ein Fest, es muss
nicht nur vorbereitet, sondern
auch gefeiert werden."*
Und unten diesen Satz standen
alle Unterschriften, und ein
Foto von uns die wir letztes Jahr
am Meer gemacht haben, wir
standen neben einem Felsen und
Umarmten uns. Alex schaute mich
an und sagte, geh ich weiß, dass
du kaum erwarten kannst deine
Eltern zu Umarmen. Eine
Viertelstunde später war ich
wieder an der Seite von Alex, er
umarmte mich und sagte zu mir;
jetzt müssen wir anstoßen. Und
ich muss dir noch etwas geben,
denn das gehört dir. Er nahm die
Schatulle und öffnete sie; ich
könnte es nicht fassen, er

schenkte mir den Ring, der mir so gefiel. Ich klebte stundenlang manchmal am Schaufenster wegen diesen Ring. Er steckte mir den Ring am Finger und küsste mich. Und dann sagte er zu mir: „Montag Schatz, machen wir unsere zweite Flitterwoche und unsere Reise geht nach Paris." Ich konnte mein Glück nicht glauben aber manchmal werden Wünsche auch wahr. Ach, das Buffet war natürlich köstlich. Ich habe natürlich Alex den Kugelschreiber geschenkt, aber sehr, sehr später danach, eigentlich nach der Feier, um noch ehrlicher zu sein am nächsten Morgen ich war total überwältigt gewesen von alle diese Ereignisse an einem Abend.

Ein Danke an allen die mir
beistehen und meine Leser. Und
ein grosses Dankeschön an;
Bod on demand ohne euch wäre das
alles nicht möglich.
Eure Luisa

Die Liebe siegt

Band 1 Eine süße Überraschung
Band 2 Tausend und ein Stern

Die Liebe siegt
Tausend und ein Stern


Anne und Alex Kind ist seit drei
Monaten auf der Welt. Aber Anne
ist um ihre Freundin Samantha
besorgt. Samantha ist unglücklich
mit ihrem Job in der Kanzlei. Und
mit Stefan läuft es auch nicht
grandios, es geschehen
Missverständnissen. Die Frage
ist, wie wird es mit ihnen zwei
weitergehen? Werden sie Heiraten
oder getrennte Wege gehen? Oder
finden sie doch ein gemeinsamer
Weg.

folge mir auf Facebook, Instagram und google wenn du mehr über die Protagonisten wissen möchtest und über mich.

Eure Luisa